KB046189

언제 보아도 처음인 것처럼

언제 보아도 처음인 것처럼 _ 나는 너에게 얼마나 많은 사랑을 줄 수 있을까?

초판인쇄 2019년 5월 24일
초판발행 2019년 5월 30일

지은이 최복현
펴낸이 김상철
발행처 스타북스
등록번호 제300-2006-00104호

주소 서울특별시 종로구 종로1가 르메이에르 1117호
전화 02)735-1312
팩스 02)735-5501
이메일 starbooks22@naver.com

ISBN 979-11-5795-461-2 03810

이 도서의 국립중앙도서관 출판예정도서목록(CIP)은 서지정보유통지원시스템 홈페이지(http://seoji.nl.go.kr)와 국가자료공동목록시스템(http://www.nl.go.kr/kolisnet)에서 이용하실 수 있습니다. (CIP제어번호 : CIP2019019940)

나는 너에게 얼마나 많은 사랑을 줄 수 있을까?

언제 보아도 처음인 것처럼

최복현 지음

사랑해, 봄 · 여름 · 가을 · 겨울

스타북스

서문

사랑을 말해볼까요?

나는 당신을 위한 시인입니다.
사랑에 빠지면 누구나 시를 쓸 수 있다,
누구나 시인이 된다고 말합니다.
내가 시인이 되기 위해서 당신을 사랑하는 게 아니라
당신을 사랑하기 때문에 나는 시를 쓸 수 있는 시인입니다.

인생에서 한번쯤 진정한 시인이 될 수 있다면
당신과 함께 할 수 있는 순간들입니다.
나는 당신으로 시인입니다.
사연 없는 시는 빈 껍질이고
사랑 없는 시인은 죽은 시인입니다.
나는 당신으로 살아 있는 시인입니다.

사랑이란 정의는 내릴 수 없지요. 세상 모든 책을 모으고, 거기에 담긴 사랑이란 단어나 그 단어는 포함되어 있지 않으나 사랑의 의미를 담은 글을 모두 뽑아 버린다면 남는 글은 얼마나 될까요? 그만큼 사랑은 우리 삶의 보편이겠지요. 일상이겠지요.

세상 모든 것을 사랑으로 바라보니 모든 게 사랑이더군요. 그 생각 하나 하나를 나름 생활하면서 만나는 정물이든 생물이든 세상이란 대상에 매달아봅니다. 그 모음들을 한 권의 책에 모아 봅니다.

가끔은 달콤하면서 쌉싸롬한, 가끔은 마음이 울컥이기도하고 울먹여지는, 가끔은 설렘에 밖으로 뛰어나가고 싶기도 하고 침울한 슬픔으로 구석에 몸을 숨기고 싶기도 한 마음의 모습이 사랑이 아닐까요?

우리 삶의 처음이자 마지막일 사랑의 감정, 함께 느꼈으면 해요.

고맙습니다.

최복현

차례

사랑해 봄

사랑해 봄여름

사랑해 봄여름가을

사랑해 봄여름가을겨울

사랑의 편지

우리 사랑은 이랬으면 좋겠어요. 한없이 샘솟는 이야기 샘이 있었으면 좋겠어요. 그 샘은 심각한 이야기가 솟는 것도 아니고, 어떤 과제를 주는 것도 아니고 다만 맑고 맛있는 샘처럼 어지러운 마음을 정리해 주고, 머리를 맑게 해주어 10년 체증이 쫙 내려가는 효험이 담긴 그런 샘이었으면 좋겠어요.

아무런 제약이 없이 마음만 먹으면 언제나 함께 할 수 있고, 함께 걸을 수 있고,함께 이야기 나눌 수 있고, 함께 별을 셀 수 있으면 참 좋겠어요. 하긴 여러 제약이 있고 쉽게 만날 수 있는 여건이 마련되지 않아서 그리움은 더 깊어가고 보고픔은 더 간절한지도 몰라요. 그래도 누군가 그리워하고 누군가를 보고파하고 누군가와 함께 하고 싶은 그 사람이 있다는 게 얼마나 행복한 일인지 몰라요. 가끔은 그대 생각으로 가슴을 촉촉하게 적시고 맑은 하늘을 보면 문득 떠올라 그 하늘을 보여주고 싶은 마음, 그래요 순진했던 사춘기적 소년으로 돌아갈 수 있는 그 마음을 가지고 있다는 게 얼마나 축복인지 몰라요.

그대 생각만 해도 마주 앉아 이야기를 나누는 것 같은 행복한 착각, 그래요 살짝 미친 이 사랑은 참 아름다워요. 밤이 깊어가요. 평안한 잠을 이루어 몸도 마음도 아픈 곳 모두 치유되어 내일 아침이면 상쾌한 기분으로 일어나기를 기도할 게요.

안녕 잘 자요.

사랑의 시

내 마음이 부시도록

아름다워서

가슴을 먹먹하게 만드는 너는

지상에서 가장 아름다운

사랑의

시

다.

호수

곱게도 담았네
파란 하늘을

곱게도 담았네
고운 풍경을

세상을 아름답게
그대로 담아내는
그 호수에
풍덩 뛰어들고 싶네

나를 그대로 담아줄
너를 닮은 호수로 풍덩
뛰어들고 싶어라

꽃이 불렀나

내가 불렀나
그리움 속으로 꽃을

꽃이 불렀나
꽃 닮은 그리움 속으로 너를

호숫가에서

파란 하늘을 닮아 맑은 호수를 보면
어떤 세상을 담아도 아름다운 호수를 보면
퐁당 뛰어 들고 싶게 만드는 호수를 보면

문득 떠오르는 너
맑은 호수를 닮은 너의 고운 두 눈에
퐁당 뛰어들어 너의 작은 세상이 되고 싶다

오아시스

사막이 아름다운 건
어딘가 우물을 감추고 있어서라면

내 영혼이 아름다운 건
내 안에 그리움으로 남아 있는
네가 있기 때문이지

네가 있음으로
내 마음의 사막은 사라지고
푸른 초원이 되지

너는
나의 대지를 비옥하게 살려내는
아름다운 샘물이다

5월처럼 싱그러운

5월처럼 싱그러운 사람이여
연초록 잎 새 바람 따라 하늘거리면
콧등이 시큰하도록 떠난 그대 그립다
내 마음 가득채운 그대 내 사람이여

운치 있고 분위기 있는 카페에서
찻잔 위로 묘한 파격을 주며 피어오르는
정겨운 김의 그림자 따라
문득 떠오르는 너
이 앞자리에 네가 있었으면

아침에 눈뜰 때

아침에 눈뜰 때
설레는 마음은
당신이란 신의 선물

하루가 반짝반짝
꿈으로 빛나는 건
당신이란 소망의 선물

편안한 마음으로
그리움의 미소로
잠자리에 드는 건
당신이 보내주는 사랑의 선물

당신을 지상의 가장 소중한 보배로
바꿔주는 사랑하는 마음

모닝커피를 마시며

모처럼 여유로운 아침
북카페에서 카페라떼 한 잔으로 시작한다

아로새겨진 하트 모양에 고운 너의 얼굴 어린다
살그머니 설탕 올려 부으면 사르륵 녹아들어
액체 전부에 고루 퍼져 달달하다

책속으로 스며느는 커피 향처럼
커피 속에 용해되어 숨는 설탕처럼
온전히 너의 속에 스며들어
너와 하나로 살고픈 여백의 미가
모락모락 살아나는 가슴 따뜻한 아침이다

너를 읽고 싶다
너를 보고 싶다

모닝커피

낯선 공간
낯선 사람들 속에서
모락모락 김을 내는
모닝커피 한 잔에
달달한 설탕을 넣어
살살 저으면
낯선 공간 낯선 사람들 사이로
달달한 그리움이
모락모락 김처럼 서린다

오월에

그립다 말하면
더 그리울까 봐

보고 싶다 말하면
더 보고 싶을까 봐

그리움
보고픔
마음에 담아둔
오월의 첫 월요일
하늘이 내 대신
비로 그리움을 노래한다

전화를 걸면서

살랑살랑 부는 자그만 바람결에도
리듬을 타며 일렁거리는
연초록의 봄빛 나뭇잎들의 율동처럼

부끄러운 듯 자그만 그대 목소리에도
퉁겨진 톱날처럼 부르르 소리 날듯
두근두근 내 심장의 떨림

너

사랑할 사람이 있어서
좋아

그 사람이 너여서
아주 좋아

사랑하는 마음

아름다운 거 보면 함께 보았으면 참 좋았겠다 싶고,
멋진 길을 걸으면 함께 걸었으면 싶고
초록 숲에 들면 서로 손 맞잡고 누워
연초록 이파리들 사이로 언뜻언뜻 보이는
파란 하늘을 함께 바라보며 이야기 나누고 싶어

보고 싶은 사람
그대와 나 사이를 메우는 단어
'싶어' 앞에 채울 단어는 뭘까?
?………

봄비 오는 날

햇살이 좋은 날에
문득 진한 보고픔으로
눈가에 비치는 이슬
눈물이 아니라 눈이 부셔서라고

비가 내리는 오늘
대지로 깊이 잦아들어
파롬한 생명들을 살려내는
가느다란 봄비처럼
내 마음을 그리움으로 흠뻑 적시는
어여쁜 사람

더 진한 그리움으로
촉촉하게 젖어드는 눈가를 훔치며
우산으로 스며드는
빗물이라 그리 말은 못하고
문득 진하게 보고프다
그리움의 사람

보아뱀이 되고 싶어

통째로 삼켜서 안에 담고
육 개월 내내 잠을 잔다는
어린왕자 속 보아뱀

보아뱀이 되고 싶어
어쩔 줄 모를 만큼
그대가 너무 좋아서
그대를 통째로 삼켜서
내 안에 고스란히 보호하다
아무도 없는 곳에서 그대를 다시 나오게 하여
아무도 몰래 둘이만 있고 싶어서
그대를 지켜주는
착한 보아뱀이 되고 싶어

사랑놀이할 시간

나긋나긋한 춤사위로 바람을 유혹하여
화사한 사랑을 펼쳐 보인
벚꽃들의 하려한 꽃잎 뿌리기 행렬이 퇴장하고

곱디고운 분홍빛 진달래꽃들
고아한 몸짓으로
해맑은 햇살과 입맞춤하며
발그레 부끄러운 듯하더니

야시시한 연분홍 철쭉꽃들이
매혹적인 자태로
파란하늘과 단단히 염분이 났구나

이 좋은 시절
하냥 꽃구경만 할양이냐
이제 우리가 사랑놀이 할 때다

봄바람

살포시 가지 끝에 머물러
고운 꽃 피워내는

봄바람처럼
여기 저기 대지를 떠돌며
파릇한 생명 깨워내는

봄바람처럼
그대에게 살며시 스며드는
자그만 떨림이었으면

세상이 아름다운 이유

세상 모두 참 아름다워요
들도
나무도
모든 풍경이

사람들 모두
정겨워요 아주

난
지금 당신을 만나러 가고 있으니까요

누가 사랑을 보았다 하는가

누가 사랑을 보았다고?
그대 안에 혼자 몰래
감추어 둔 내 사랑

누가 사랑을 보았다 하는가

이 아침을 그대에게

이 아침을 그대에게 드리고 싶어요
맑은 해
신선한 공기
아름다운 새들의 노래를

이 아침을 그대에게 보내겠어요
저녁을 닮아 우울한 마음
맑아지라고
내 기원을 담은 햇살을 그대에게 보내겠어요.

이 아침을 그대에게 보내겠어요.
아침 햇살을 잔뜩 묻힌
신선한 공기를 그대에게 보내겠어요

이 아침을 그대에게 보내고 싶어요
아침 햇살을 해맑은 목소리로 노래하는
신선한 공기를 영롱한 목소리로 노래하는
새들의 명랑한 노래에
내 마음을 얹은 정겨운 이 아침을 그대에게 보여주고 싶어요

산을 닮은 너

너를 보니 설레고
산을 보니 설레고
산과 너
산과 나
너와 나
그 사이에 무슨 강이 흐르기에
산을 보면
너를 보면
심장이 파들파들 수선을 떨까

고운 산을 보니
네가 그립고
너를 그리니
산이 보이고
너를 본 듯 설레고
너를 본 듯 정겹고
네가 산이랴
산이 너이랴

산에 오니 네가 그립고
너를 그리니 가슴이 뛴다

아침에 눈뜰 때

아침에 눈뜰 때
설레는 마음은
당신이란 신의 선물

하루가 반짝반짝
꿈으로 빛나는 건
당신이란 소망의 선물

편안한 마음으로
그리움의 미소로
잠자리에 드는 건
당신이 보내주는 사랑의 선물
당신은 지상의 가장 소중한 보배

좋네

가끔
목소리도 듣고 좋네

내가 널 염려하고
네가 날 염려하고

걱정해 줄 수 있다는 거
생각할 대상이 있다는 거
행복한 일이야

봄의 도래

내 사랑이다 너는
길고 긴 기다림 끝에 애써 찾은 너는
한걸음에 달려와 반겨 맞을 법도 한데
오던 길 멈추고 애만 태우는 너는

지나가는 여인에게
지나가는 눈길만 그저 던졌을 뿐인데
너답지 않은 오해로 오다가 멈추어 선
너는 나의 외로움이다

내 그리움이다 너는
마음에 남기지 않은 추억으로
마음 두지 않은 말 몇 마디 그저 건넸을 뿐인데
못 본 듯 넘어갈 수 있을 법도 한데
웬 질투로 쌀쌀맞게 돌아선 너는

내 진한 고독이다 너는
너의 뒷모습에서 냉기가 일어 나를 떨게 한들

너의 독한 한 마디에 가슴마저 얼얼한들
그래도 너는 내 사랑이다

너는 진한 내 사랑이다
돌아서는 척 다시 다가온 너는
어느새 내 이마에 닿을 듯
내 코에 와 닿는 너만의 향기
내 입술에 스치는 너의 입술
따스함으로 다시 느껴지는 너는
내 밖으로 밀어낼 수 있는 내 운명이다.

진달래

참 곱기도 하지
살랑거리며 부는 바람에
봄맞이 아가씨 얇은 고운 꽃무늬
치맛자락 살포시 올라가는 양
산들산들 미소 짓는 모습

곱다 참 곱다
요염하지 않으나
차암 고운 봄날의 아가씨처럼
보고 또 보게 만드는
가만 멈추어 들여다보게 하는
환하게 활짝 웃으니
곱다 고옵다 차암 고옵다

살폿살폿 수줍은 몸짓으로
모두모두 활짝 웃어주니
허어 이거 참
날 보고 어떡하라고

사랑할 시간

얼마나의 시간
얼마나의 정성
얼마나의 마음 씀이 필요할까

그립다
보고 싶다
사랑한다고
진심으로 말하기까지

얼마나의 시간
얼마나의 정성
얼마나의 마음 씀이
더 필요할까

사랑 때문에

얼마나의 내 마음의 공간을
그대에게 남겨줄까요

무게를 달아볼까요
길이를 재어볼까요
눈금도 보이지 않네요
아무것도 보이지 않네요
보이느니 오직 그대뿐

하나만 보여서
세상 모두가 아름답기만 한
아하, 사랑의 마술

사랑이 무어냐고 물으신다면

눈으로 만나 사랑은
옷자락을 들치고
옷 속을 통과하여

사랑은 그의 마음과 마주하고
서로 한 편이 되어
사랑은 본질에 이르나니

본질이란 어제도 오늘도 내일도
변치 않는 것
사랑만 영원하나니
믿음 소망 사랑
이 세 가지는 늘 함께 있을 것인즉
사랑이 없으면 이들은 아무짝에도 소용없다
요렇게 말씀 드리겠어요

사랑의 힘

밤엔 별이 아름다워
낮엔 맑은 대기가 아름다워
네가 있어서야

같은 마음으로
고운 미래를 향한 사람들
그들이 너와 나 우리이기 때문이야

사랑은

감성을 열어주는
닫힌 마음을 열어주는
닫힌 관계를 풀어주는
사랑은 만능열쇠

벽창호를 시인으로
구속을 자유로
반항아를 순한 양으로
바꿔주는
사랑은 하늘의 선물

주는 만큼 기쁜
받는 만큼 기쁜
사랑은
지속적인 관심을 배려를
에너지로 유지할 수 있는
그래서 늘 주의를 요하는
사랑은 달콤한 꿈과 현실을 연결하는
휘발성 만능열쇠

사랑의 무게

사랑한다
이 한 마디에 마음을 담기처럼
어려운 일도 없다

사랑한다
이 한 마디보다
무거운 것도 없다

사랑한다
농담처럼 말하기는 쉬우나
진심으로 사랑하여
사랑한단 그 첫마디처럼
입에서 떼기 어려운 말도 없다

그토록 어렵게 얻은 사랑을
포기하는 것처럼
어리석은 일도 없으니

사랑한다

나는 사랑한다

너를

보슬비

비가 내려
보스보슬 보드란 비가 내려
달콤한 너의 손길처럼
감미롭게

비가 와
촉촉하니 젖어들며 내려와
짜릿한 네 입술 감촉처럼
촉촉하게

난 비에 젖어
네 숨결처럼 보드라운 비를
그냥 맞고 있어
보슬보슬 은근한 비를

보슬비는 내어민 내 입술을 적시고
너는 내 마음으로 스며들어
좋아 느낌이 좋아

좋아 비의 느낌이 좋아

눈을 감으면 너를 느낄 수 있어
보드랍게 살며시 젖어드는
촉촉한 너의 감촉

사랑해란 말밖에

행운은 어디서 오지?
행복은?

이제야 알았네
이 말들은 사랑의 자매라는 걸

아무리 아무리
내 마음의 울림에 귀를 대어도
너에게 선물하고 싶은 수식어
가장 아름다운 말
가장 속살거려주고 싶은 단어
살포시 피어오를 듯 숨어서 더는 안 나와

너에게 쑥스럽게 건네는 말
'사랑해'

이제야 알았네
너를 사랑하면서

세상에서 가장 아름다운 말은
세상에서 가장 소중한 수식어는
너에게 붙이고 싶은 친근한 말은
사랑이란 단어라는 걸

들으면 들을수록 더 좋은 단어는 사랑이란 걸
말하면 할수록 더 아름다운 단어는 사랑이란 걸
너를 사랑하면서 지금에야 알았네

참 아름다운 말 '너를 사랑해'
참 좋은 말 '너 있어 행복해'
그 말밖에 달리 할 말 못 찾아
너에게 쑥스럽게 건네는 말
'사랑해'

라일락

꽃으로 오더이다
아름다운 모습으로
내 시선을 잡아놓고
옴짝달싹 못하게 잡아놓고
그렇게 오더이다

사랑은
향기로 오더이다
알 수 없는 미묘한 내음으로
내 걸음을 붙들어 매놓고
나를 꼼짝 못하게 자극해놓고
그렇게 오더이다

사랑은
쓰디 쓴 맛으로 오더이다
너무 아름다워서
너무 향기로워서
작은 한 입 물었는데도

밷지 않고는 견딜 수 없을 만큼
그렇게 가더이다

사랑은
감미로운 향기로 오더니
그토록 모질게 쓴 맛으로 가더이다
사랑은

장미를 사랑하는 법

아름다운 건 관계없이
그저 스멀거리며 모여들었다 떠나고
잠시 날아들었다 사라져도
달라지는 건 없어

흔적도 상처도 남지 않는데
나를 아프게 하고
찢어지게 하는 건
벌레가 아니고
나비도 아닌 바람이야

내 가시를 피해
요리저리 들어오는 벌레들은
날 사랑한 게 아니었어
날 진정 사랑하는 이는
내 가시에 찔려서
빨간 피로 나를 물들게 하는 이였어

사랑은 가시에 찔린 것처럼 아프고
사랑은 그 아픔의 피로 물든 빨간 슬픔이야

우연이었을까

어떤 우연이었을까
너와의 만남
전혀 만날 이유가 없었으면서
오전 내내 비가 내리다 활짝 갠 저녁나절처럼
신선한 충격으로 내 마음으로 들어온 너

그 순간 이후
무의미한 너의 모두를 유의미로 바꾸어
우연을 인연으로 바꾸며 다가오더니
너는 내 허전한 빈 마음을 온통 채우고 말았다

떨어져 있는 시간들
그 순간순간마다
너를 향한 그리움은 커져만 가고
보고픈 마음은 이상한 불안처럼 나를 휘감는다

언제고 언제까지고,
이 고운 인연이어가고 싶은 마음

늘 좋은 생각만하고

늘 좋은 것만 주고 싶은 이 마음

정말 우연일까

사랑이란 걸

그리워하다 그리워하다
보고파하다 보고파하다
너를 만나는 순간
알 수 없는 묘한 떨림으로
울컥 울어버릴 것 같은 이 기분
너무 기뻐 먹먹한 이 가슴
나는 안다
너를 향한 내 사랑의 깊이라는 걸

사랑해 봄여름

사랑의 편지

내게 사랑하는 사람이 생겼습니다. 우연치고는 너무 마음의 일치가 잘되는 사람, 만나면 만날수록 더욱 그립고 알면 알수록 더 신비로운 사람, 보면 볼수록 한시라도 떨어져 있기 싫은 사람, 내 인생을 걸어보고 싶은 사람이 있습니다.

내게 사랑하는 사람이 생겼습니다. 일하다가도 문득 문득 생각나서 일을 멈추고 멍하게 하는 사람, 잠들기 전에 간절히 그리운 사람, 꿈에라도 만나면 좋을 것 같아 기도하게 하는 사람, 눈뜨기가 무섭게 어찌 그리 빨리도 생각나는지 의식이 있는 한 생각나는 사람, 내가 살아갈 의미를 주는 사람이 있습니다.

나를 사랑하는 사람이 생겼습니다. 누구에게도 이야기 하지 않았던 이야기라며 내밀한 속내 이야기를 살며시 꺼내는 사람, 누구에게도 보여주지 않았던 자신의 모두를 기꺼이 보여주며 다가오는 사람, 나를 믿어주고, 나를 위해 기도해주는 사람, 내게도 나를 사랑하는 사람이 있습니다.

내가 사랑하는 사람이 생겼습니다. 이제껏 가슴에 품고 살았던 이야기, 가슴앓이하면서도 그 누구에게도 털어놓지 못했던 내 인생의 치부들, 나의 모두를 주고 싶은 사람, 나의 모두를 털어내어 알게 해주고 싶은 사람, 나의 모두를 받아주고 나의 모두를 이해줄 수 있을 사람, 내가 진심으로 사랑하는 사람이 있습니다.

그 사람이 누구냐고 물으면 대답할 수 없지만 당신이 조용히 묻는다면 난 대답할 수 있습니다. 그 사람은 그 사람은 바로 당신이니까요!

그대

세상이 날 필요로 하니
난 행복해

내가 사랑하는 사람이 있어서
난 더 행복해

날 사랑해주는 사람이 있어서
난 너무 행복해

그 사람이 너라서
난 더 없이 행복해

아리송해

우산 가져가 말아
비가 올지 안 올지
슈퍼컴퓨터에
기상위성에
고급인력에
세심한 연구하여 발표한다는데
맞을 확률 반반이라는
알 수 없는 그놈의 날씨나

프로이트를 훑고
융을 공부하고
아들러를 파고도
사랑인지 질투인지
도무지 알 수 없는
너의 마음

가뭄 끝에 내리는 비

얼마나 반가웠는지 몰라
님이 오는 기척에
쩍쩍 갈라진 가슴

흠씬 흠뻑 젖어들고 싶은데
갈라진 가슴 메울 겨를 없이
대기 속으로 날아가 버린
야속한 너
갈라진 이 바닥은 어떡하라고

세상에서 가장 아름다운 것들

가장 아름다운 말?
사랑해
아니야
널 사랑해야

세상에서 가장 정다운 말?
고마워
아니야
네가 고마워야

세상에서 가장 행복한 말?

행복해
아니야
네가 있어 행복해야

세상에서 가장 아름다운 시?

네가 보고 싶다

네가 그립다

너를 사랑해

너는 나로

나는 너로 하나인 삶

사랑해 너를

오늘

보고픈데 볼 수 없어
그리운 사람

언젠가 만나면
맞잡은 손의 따스한 온기로
감미롭게 들려올 목소리로
살짝 긴장하며 다가올 모습으로
내 삶의 빈 잔을 채우고 싶은
설렘이 있는 오늘

오늘이 좋아요
사랑스러워요
사랑으로 가득 채울 설렘으로
그대의 모두를 꿈꿀 수 있는
오늘이 참 아름다워요

비와 그리움

밖으로 나와 봐
살금살금
비가 내려

우산을 걷고
하늘을 향해
고개를 젖혀봐

남몰래 살그머니
빗물이 되어
네 얼굴 어루만지곤
촉촉하게 젖어들 테니

그리곤
마음마저 적셔줄 테니

밖으로 나와 봐
우산을 접고

하늘 향해 얼굴을 젖혀봐

비가 비가 되고 싶어

네 얼굴에 내리는 비가

사랑요일

어제 하루는 비요일
사륵사륵 내리는 빗소리 따라
그대 그리움에 젖었더니

오늘은 햇살의 날
어쩜 이렇게 세상이 맑을까
태양도 말끔하게 세수를 했나보다
해말간 햇살처럼 마음도 말갛다

햇살이 말갛게 내 안으로 스며들면
젖어들던 그리움 대신 고개 드는 사랑으로
티 없이 말간 그대 얼굴 보고프다

햇살 그득한 오늘은 사랑요일
그대와 나의 마음이
비갠 다음 날 아침처럼
해맑은 마음으로 사랑을 깨우는 날이다

비요일엔 그리움에 젖는 그리움 요일

해요일엔 사랑을 깨우는 사랑요일

사랑으로 사는 날들이 아름답다

정동진에 가면

정동진에서는 모두가 사랑에 젖는다
바다는 하얀 손으로 다정하게 해변을 애무한다
은근한 거부의 몸짓으로 해변이 밀어내면
바다는 다시 조금 더 긴 호흡으로 부드러이 애무를 시도한다

바다는 살금살금 기회를 엿보며 해변을 쓰다듬고
해변은 부끄러운 듯 밀어낸다
정동진의 바다는 종일 끈질긴 구애로 속살거린다
눈치를 보며 슬며시 쓰윽 애무하고 물러난 정동진의 바다는
하루 종일 해변과 사랑놀이를 한다

정동진의 바다는 온 종일 사랑놀이를 한다
화를 내며 소리를 지르다
다정하고 부드럽게 애무하면서
정동진의 바다는 종일 사랑에 젖는다

온종일 해변에 연정을 고백하다 지친
정동진의 바다는 밤이면 짝사랑으로 잠 못 이루고
끝없이 해변을 넘보며 짝사랑의 구슬픈 노래로 밤을 지새운다

정동진 그 바다에서는 누구나 바다와 해변을 닮는다
정동진에 가면 모두가 해변에 취하여 바다에 젖는다
정동진에서는 모두가 사랑에 젖는다

정동진의 바다

정동진의 바다는 모두 푸르다
푸르다 못해 파랗다
정동진에서는 하늘이 깊이 바닷속에 갈앉아
온통 바다를 하늘색으로 바꾸어 놓는다

높이 높이 떠 있는 게 무료하여
잡다한 삶의 모습들을 내려다보는 게 지겨워서
하늘은 아주 낮게 내려와 바다 깊이 숨어 멱을 감는다

정동진 바다는 아침이면 잠시 심한 부끄럼을 탄다
종일 바다에 안겨 잠든 하늘이 깜짝 놀라
붉다란 수줍음을 강렬하게 토해내곤 이내 다시 푸르다

정동진 바다에 가면 파도가 부르는 사랑 노래에 젖는다
파도를 애써 밀어내는 수많은 모래알들의 투정부림에 젖는다
다정한 연인들이 속살거리는 미래 꿈에 젖는다
정동진 바다에선 시간도 공간도 존재도 모두 푸르게 젖는다

사랑의 시간

음식을 먹지 않고
40일을 버티는 사람은 더러 있다지만
물 한 모금 마시지 않고
일주일을 버티면 기적이라지만

공기 없는 곳에서
그래도 얼마큼은 생존한다더라만
잠시 잠깐도 찰나조차도
먹지 않으면 살 수 없는 게 시간이라지만

시간을 먹지 않고는 한순간도 살 수 없듯이
그대 없이 한순간은 어찌 살까

알 수 없어요

세상엔 많은 여자
참 많고 많은데
당신만 보이는 이유를

온몸의 교감

네 마음을 내 마음에 얹고
내 마음 네 마음에 얹어
다정하게 손잡으면 은근한 온기 마음 적시고
손 맞잡음으로 시작하여 얼굴로 오르고
몸 따라 아래로 내려오고 '
부드러운 솜의 결 따라 물방울이 고루 스며들듯
서로의 가슴을 촉촉하니 적셔주는 손길의 애절한 마주침

갑작스럽게 고압전류가 온몸으로 퍼지는 것처럼 짜릿하게
손끝이든 머리끝이든 그 어디에 닿아도
파르르 떨리게 하는 강렬한 자극의 진동으로
너와 나의 온전한 진실이 통하여 정신과 육체가 조화를 이루며 흘러
온몸에 고루 퍼져 있는 너와 나의 온전한 소통이 이루어지는 성감대

너 한 사람

내가 울고 싶을 때
위로해줄 사람

내가 외로울 때
손 내밀어줄 사람

내가 기쁠 때
함께 웃어줄 사람

기쁠 때 함께 기뻐해줄 한 사람
슬플 때 함께 슬퍼해줄 한 사람

한 사람만으로
충분한 우리 살아갈 세상

폭포처럼

폭포처럼 쏟아져 내리는 샤워기의 물로
온몸 구석구석 씻어내고도
골고루 비누 발라 골고루 다시 닦고도
양치질을 빠뜨린 것처럼 알 수 없는 허전함

이리 맞추고 저리 맞추고
빠짐없이 재대로 잘 맞추어
완제품을 만들어 낸 것 같은데
미세한 삐거덕거림이 느껴져
일일이 섬세하게 만지작 거려보면
아주 살짝 덜 조인 나사 하나 있는 것처럼
뭔가 생략한 것 같은 공허함

열심히 살았어도 허전하고
치밀한 계획으로 설계했어도
나사 빠진 듯 느슨해진 듯
뭔가 채워지지 않는 공허함
너로 충만하게 채우고 싶다

고마운 사람

비 오는 날에는
마음에 젖어드는 빗물로

눈부신 날엔
마음을 파고드는 해맑은 햇살로

흐린 날엔
아린 마음 가려주는 구름으로

언제나 함께 있어
나의 시가 되고
나의 노래가 되고
나의 삶이 되는 너는
고마운 사람

그대를 사랑하는 이유

여리고 가난한 나의 삶 모두 모아 그대에게
그대에겐 해맑간 미소만 주고 싶고
그대에겐 고운 생각만 갖게 하고 싶고
그대에겐 기쁨만 주고 싶고
그러면 내가 세상에서 가장 행복할 것 같아서

이미 내 마음 모두 훔쳐간 그대 생각으로
아련한 설렘만으로 야릇하게
은근한 떨림만으로 신비롭게
내 마음을 꽉 잡는 그대라는 호수로
내 빈 마음을 온통 채우고 싶어서

내 꿈으로 와요

오시어요
오시어요
내 꿈에 오시어요

그리워한들 멀리 있으니
보고파한들 밤늦었으니

그대 올 수도
나 그리 갈 수도 없으니

오시어요
오시어요
내 꿈에 오시어요

거저 오지 못하시오면
드리지요 내 꿈에 출연료를
진한 입맞춤으로

사랑을 원하면

사랑을 원하면
감정의 부름을 따라가라
그 길에 착각이란 괴물이 기다릴지라도

사랑을 원하면
느낌을 따라 갈 데까지 가라
비록 큰 아픔이 기다릴지라도

사연 없고 아픔 없는 사랑이
흔들리지 않는 사랑이
어디 있으랴
사랑을 원하면 용기를 얻어라

사랑은 이성이 아닌 감정의 꿈틀거림이니
살다가 우연이든 의도적이든
설렘이 움트면 그 설렘을 따라가라
그 설렘이 가는 곳에 기다리느니
그것이 너를 위한 사랑이다

시인의 사랑

나는 당신을 위한 시인입니다
사랑에 빠지면
누구나 시를 쓸 수 있다
누구나 시인이 된다고 말합니다

내가 시인이 되기 위해서
당신을 사랑하는 게 아니라
당신을 사랑하기 때문에
나는 시를 쓸 수 있는 시인입니다

인생에서 한번쯤 진정한 시인이 될 수 있다면
당신과 함께 할 수 있는 순간들입니다
나는 당신으로 시인입니다

사연 없는 시는 빈 껍질이고
사랑 없는 시인은 죽은 시인입니다
나는 당신으로 살아 있는 시인입니다

레몬 사탕

녹아드는 시큼함에
살짝 눈살 찌푸리다
그것도 잠시
녹아드는 달콤함

그래
사랑은 이런 맛
레몬과 같은
새콤함으로 시작되어
달콤한 맛에 녹아드는 것

레몬 사탕 같은
새콤달콤한 사랑이 고프다

너는 아니?

나만 보면
살짝 피어나는 그 미소
가을을 닮은 하얀 구절초처럼 환한 그 얼굴

너만 보면
살짝 홍조를 띠는 내 마음
그 불그스레한 설렘이
얼굴에 배어나올까 괜 부끄러워
수줍어지는 내 마음

좋은 거 보면 보여주고 싶어
멋진 길 가면 같이 걷고 싶어

너도 알고 있을까
너만 보면 수줍어서 발그레한 내 마음을

시간이 가도 세월이 흘러도
모든 것 다 변해도 나이를 먹을 줄 모르나봐

사랑은 언제나 수줍음으로 물드는 걸 보면
사랑은

당신을 만나는 날

당신은 참 아름다워요
하늘 여기 저기 아무렇게 조각난 구름들도
높이 처연히 솟은 사람의 집들도
숨을 헐떡이게 하는 가파른 오르막길도
당신을 만나러가는 날엔 아주 아름다워요
모두가 다정스러워요
가지 끝에 부는 삭풍도
홀로 하늘을 배회하는 홀 새도
길을 잃고 야옹거리는 고양이도
당신이 기다리는 날에는 모두 다정스러워요

그래요 당신을 만나러 가는 날에는
그래요 당신을 만나러 가는 길에는
보이는 모두 느껴지는 모두
모두 모두 아름답고 정겨워요

당신 안에서 보는 세상
당신과 함께 보는 풍경

당신과 함께 보고 만나고 스치는 사람들
모두 아름답고 정겨워요

아 나를 미치도록 그립게 만드는 당신의 마법이여
깨지 않고 이렇게 언제까지나
당신과 함께 당신의 눈으로 세상을 보고
당신의 마음으로 세상을 살고 싶어요

내 눈을 마음을 살살 풀어놓는 당신
내 삶을 고스란히 지배하는 당신
세상 모두를 아름답게 바꿔 놓는 당신
당신은 참 아름다워요

오늘은 당신이 나를 기다리는 날
오늘은 당신을 만나러 가는 날이죠

연가

지금 그대 그리움
나였으면 좋겠네

지금 그대 사랑
나였으면 좋겠네

내일 그대 사랑
나였으면 좋겠네

먼 훗날 먼 훗날에도
그대 곁에 한 사람
나였으면 좋겠네

삶의 마무리 그 순간
남은 힘 모아 부를 이름
그대였으면 좋겠네

너를 사랑하는 이유

평생을 만나도
평생을 탐구해도
다는 알 수 없는
깊고도 깊은
모호한 우주

이토록

이토록
하늘이 맑고 파란 적이
지나가는 사람들이 이토록
선하게 보인 적이
우리 사는 세상이 이토록
행복하게 보인 적이

이토록
아름다운 세상으로
바꾸어 놓은 사람
그 사람이 고맙다

그 사람이 당신이어서
더 고맙다
이토록

언제나

외로울 때 떠오르는 너
슬플 때 생각나는 너
힘들 때 보고 싶은 너
기쁠 때 문득 떠오르는 너는
아름다운 풍경 앞에
항상 아른거리는 사람

궂은비 오는 날에도
해맑은 날에도
슬프거나 기쁘거나
특별한 곳에
특별한 순간에
언제나 떠오르는 사람
나는 너를 사랑이라 부른다

사랑하는 사람

멀리 있어 볼 수 없지만
눈 뜨면 제일 먼저 생각나는 사람
눈 감을 때 간절히 보고 싶은 사람
그리움이라 쓰고
사랑이라 부른다

볼 수 있어도 볼 수 없고
소식조차 들을 수 없으면
외로움이라 쓰고
사랑이라 부른다

늘 가슴에 남은 사람
울먹이게 하는 사람
당신이라 쓰고 사랑이라 가슴에 새긴다

너를 사랑하는 이유

그립다
그리워서 보고 싶다
보고 싶다
보고 싶어 외롭다

그리움도
보고픔도
외로움도
사랑의 일부일까

너

잠들기 전 떠오르는 사람
눈 열면 생각나는 사람
너 따로 나 따로 아닌 듯한 사람

곁에 없으면 그립고
만날 수 없으면 보고 싶고
마음에만 담고 있으니 외롭다

사랑하니까 그립다
그리워하니 외롭다
외로우니까 사랑한다

정다운 이름

그리움 쌓이는 만큼
사랑도 따라 깊어지고
그윽해지는 사랑만큼
그리움도 깊어라

정다운 이름
생각만 하면
눈가를 젖게 하는 이름 하나

이 얼마나 친근한 부름인가
세상 그 어떤 사랑보다 더 진하게 느껴지는
이 느낌
콩 한쪽이야 작으니 나누기 쉽다만
내 인생 절반이라도 쪼개어 주고픈데

그리 못하는 가슴 아린 날
문득 시큰한 콧등을 덮으며
나를 먹먹하게 만드는 너의 이름

사랑한다는 말은

사랑한다는 말은 감추고 살자
많이도 얘기하고 싶었지
그 얘기로 너울을 쓰고
너의 손을 잡아
그리고 가까이 더 가까이
너의 가슴에 밀착되어
환희의 고동소리 듣고도 싶었지
그러나 사랑한다는 말은 감추고 살자

너무나 기쁨에 겨워
얼굴 부비며 사랑하던 이들도
곧잘 헤어져 이별을 하더라

사랑한다는 말은 꼭 한 번
아니 세 번만 하자
가까이서 서로를 잘 알고 깊이 느낄 때
생명이라도 서로를 위해 바치고 싶을 때
그때 사랑한다 말하자

너무 가난한 날에 우리 빈 두 몸만 남았을 때
우리는 사랑할 수 있으리
그때 또 사랑한다 말하자

또 한 번은
서로에게 실망을 느껴 미워져서 갈라서고 싶을 때
아픔대신 사랑하기 위하여
사랑한다는 말 한 마디는 남기고 살자

얄미운 사람

산을 닮은 내 사랑
다가간 만큼 저만치 멎고

하늘을 닮은 내 사랑
다가간 만큼 또 물러나고

그래도 만질듯하여
그래도 잡을 듯하여
다가가지만
다가가면 또 저만치 멎어
오도 가도 못하게 만들어
애만 태우게 하지만

그래도 내 마음 잡아매는
씁쓸하고 달콤한 얄궂은
내 사랑

그게 너였으면

양 옆으로 느티나무 늘어선
호젓한 길을 걷노라면
함께 걷고 싶은 사람도
너였으면

해맑은 햇살도 함께 보고 싶고
고운 산새 노래도 함께 듣고 싶은 사람
산정으로 부는 맛있는 바람의 맛도
함께 맛보고 싶은 사람도
너였으면

온통 내 마음을 차지하고
나를 얽어매는 너
그래도 좋기 만한 이 마음
이것이 사랑일까

사랑의 노래는

그저 바라볼 수만 있어도 좋은 사람은 좋은데,
나머지 가사는 좀 그렇지만 좋은 노래야.
그리움이란 단어는 좋다고 생각했는데
그리움이란 단어 없는 것이 좋지
그저 바라보면서
언제나 바라볼 수 있어야 좋은 거니까.

문득 이 노래를 들려주고 싶어서.
그저 바라볼 수만 있어도 좋은 사람
이 한 마디 해주고 싶어서.

잘자

함께

함께 잠들었으면
참 좋겠다

가까이 있지만
멀리 있는 아쉬움

세상에 참 많은 손 잡고 잡아도
별 느낌 없는데
그대 손을 잡으면 어찌 좋은지

살갗은 다 같은 살갗이어도
그대 살갗은 어쩜 그렇게도
내 마음을 기쁘게 해주는지

아 이 사랑
손끝으로 전해오는 이 사랑
그대 깊은 곳으로 가고 싶은 이 사랑

사랑하는 이유

외로움이 깊으면
세상은 아무런 가치도 없는 것 같아
외로움 달래다가 사랑을 만났습니다

설레고 기쁘고 세상 모두가 환히 밝았습니다
사랑이란 이렇게 달콤한 것임을 알았습니다

비 내리는 밤,

비가 내리니
더 그립네

이런 밤 김 모락모락 나는 커피 한 잔 앞에 놓고
너랑 마주 앉아있으면 좋겠다

팔베개로 함께 누워
이야기를 나눌 수 있으면 더 좋겠다.

빗속에 그리운 사람,
그리움이 현실이 되는 그 날이 어서 왔으면 좋겠다

강을 건너며

이 강 건너면 이내 당신 사는 마을
강을 건너려니
당신 생각이 더 간절하더군

당신의 숨소리 들리는 듯
당신의 감촉 느껴지는 듯
당신 내음 전해오는 듯

아 당신은 그리움
당신은 내 사랑

푸른 강을 뒤로하고
버스는 그리움을 지나네

알고 싶어요

쉬운 확률로 그대를 만난 게 아니잖아요.
이 만남을 소중히 여기면서
알고 싶어요
그대의 모든 것을

말하고 싶어요
그대만 원한다면
나의 모든 것을

서로가 서로를 알아가면서
더러는 신비감이 사라진대도
알고 싶어요
그대 안에 있는 나의 자리를

말하고 싶어요
그대만 원한다면
나의 모든 것을

환타

달콤한 음료가 그립다
산행을 무리하게 한 날은
시원한 달콤한 줄기가 온몸을 훑고 지났으면 좋겠다

달콤한 음료가 당긴다
열기로 덥혀진 몸이 부른다
간절히 부른다
시원하고 달콤한 음료를

이럴 땐
흔들어 주세요 써니텐도
환희를 떠올리게 하는 환타도
아니면 콜라라도
달짝지근한 음료가 그립다

이렇게 달달한 것이 마시고 싶을 땐
몸에 설탕이 20%가 넘든 말든
마셔주어야 좋다는데

몸이 부르면 그만큼 그게 부족한 거니까
몸에서 당기면 그만큼 그리운 거니까
목을 타고 뱃속을 흘러내리는
오! 시원함이여 달콤함이여

그런데 당신이 그리운 오늘
어떻게 해야 하지
달달한 그 무엇보다
더 당신이 그리운 날엔

사랑해 봄여름가을

찔레꽃

초록 세상에 흰 눈 송이마냥
소담소담 소복이 모여 핀 찔레꽃
물끄러미 바라보다
살금살금 다가가면
피어오르는 그윽한 향

아름다운 꽃이야 눈에도 담고
사진으로 담을 수 있는데
곱디고운 이 향긴 느끼기만 하고 담아둘 수 없으니

이 향기 고스란히 담아
연서 대신 보내고 싶은데
담아 보낼 도리 없으니
하냥 너를 그리워하는 수밖에

술이 좋은 이유

분위기 좋은 호숫가에서
걸쭉한 막걸리를 마신다
빈속을 기분 짜릿하게
훑고 내려가는 알코올

한 잔 또 한 잔을 마셔도
정신은 말짱하다
마음은 취하지 않는다
몸짓만 무딜 뿐
끈끈하게 남은 너의 환영에 푸욱 취한다

술을 마시면 마실수록
마음은 더 또렷하고
그 대신 내 마음을 네가 꽉 채운다

호숫가에서

자글자글 잔물결 이는 호숫가
수없이 자글거리는 물의 아릿한 미소처럼
살포시 깨어나는 그리움

은근히 불어온 산바람에
화들짝 놀란 잔물결들이
수없이 토독 대며 쏟아지는 빗방울들이
수면에 부딪쳐 살며시 떨며
수없는 동심원을 만들면
헤일 수 없는 널 향한 그리움들은
내 마음을 벌써 호수에 푸욱 담근다

호수가 바람을 불러 동심원을 만들며
분위기를 잡듯이
나는 막걸리 한 잔에 고요한 오후와
널 향한 그리움을 타서 젓는다
그리움을 품어 젓는다

뭉게구름 너머에

멀리 열린 하늘
양털처럼 흰 뭉게구름 몽실몽실 졸고 있는
산울 가 그쯤에 있을까

낭창낭창 상큼하게 감겨드는 바람에 놀란 마음에
그리움이 뭉게뭉게 피어난
저 너머 그쯤에 있을까

바다의 노래

바다가 불러주는 노래를 들으며
바다 따라 쓸쓸이 걸으면
바다의 사랑노래는 점점
그리움의 노래로 변조되고
그윽한 저녁 끝에 묻어오는 어둠을
등에 업고 돌아선 등 뒤로
따라오는 상큼함
그리움의 사람인가
뒤돌아서니 더위를 뚫고
그리움을 싣고 따라온 바람이었네

비에 젖은 마음

비를 맞고 선 나뭇잎마다에
이슬을 머금고 바람에 한들거리는 풀잎에

투명한 수정같이 방울방울 달린다
너를 향한 보고픔이

보이는 세상마다
느껴지는 것마다
촉촉하게 젖어들어
흥건하게 잦아드는 그리움

너를 향한 그리움으로
내 마음도 달콤 씁쓸한 네 생각으로 젖는다

너의 얼굴

살짝 쳐다보다 말고
살포시 고개 숙이는 듯
다시 슬며시 고개를 들어
행복을 담은 눈웃음으로
부끄러운 듯 살며시 쳐다보던
꿈결 같은 고운 얼굴

파르르 떨리는 설렘으로
하얀 이 살짝 드러나는 듯
빙긋 미소 지어주던 산골 소녀 같은
도시풍의 수줍은 얼굴

눈감으면
어른거리며
가슴을 콩콩거리게 하는
진한 그리움의 사람

그리움의 시

바다를 보면 바다에
호수를 보면 호수에

낯선 바다에도
정겨운 호수에도

가득가득 담긴다
너를 향한 그리움이

가을 하늘

바람의 살랑거림에 넘어갔을까
한 올 남김없이 홀랑 벗은
하늘

더 무엇을 보여주려고…….

바람의 살랑거림이었을까
한 올 남김없이 홀랑 벗은
하늘

저 눈부시도록 파란 여백에
누군가를 위한 구름 한 점
그려 넣고 싶다

비의 연가

그다지 크지 않은 내 몸이야
우산으로 비를 막아 젖지 않을 수 있는데
외로운 이 마음이야 너무 커서
비에 젖어도 내 마음 가려줄 우산이 없네.
비는 위에서 내려 들을 적시는데
속절없이 젖어드는 내 마음이야
속울음으로 젖어드는 내 마음이야

이렇게 후줄근하게 내리는 빗속을
우산을 받쳐 들고 혼자 걸으면
내 마음에 내리는 비를 막아주고
이 마음 보듬어 안아 줄
네 우산이 그립다

사랑앓이

하잘 데 없이 길을 잃어 헤매는 내가 측은해
몇 발짝 뒤에서 나를 지켜보며
돌이키지 못하는 그대의 눈망울이 고마워
슬퍼진 이 날에 흘린 나의 눈물은
그 눈물은

내 눈에 가득 찬 설움을 지우고
가슴에 응어리진 아픔을 잊고자
눈을 감고 잠을 불러도 잠은 오지 않고
메마른 내 눈가를 다시 흥건히 적시는 눈물은
그 눈물은

나로 인해 웃음을 간직해야 할 당신에게
웃음대신 울음을 주고
기쁨대신 슬픔을 준 날은
가슴이 메어져서
당신 가슴에 얼굴을 묻고 실컷 울고 싶다

이렇게 남은 나의 진실은
나의 눈물을 그대에게 만은
보일 수가 없는 것은
참으로 당신에게 웃음만 주고 싶기 때문에

너의 이름을 부르다가

그리움 쌓이는 만큼
사랑도 따라 깊어지고
그윽해지는 사랑만큼
그리움도 깊어라

정다운 이름
생각만 하면
눈가를 젖게 하는 이름 하나

이 얼마나 친근한 부름인가
세상 그 어떤 사랑보다
더 진하게 다가오는
이 느낌

콩 한쪽이야 작으니 나누기 쉽다만
내 인생 절반이라도 쪼개어 주고픈 데
그리 못하는 가슴 아린 날
문득 시큰한 콧등을 덮으며
나를 먹먹하게 만드는 너의 이름

눈 감으면

물이든 산이든
바람은 거침없이 길을 가는데
바람 따라 한없이 그리움은 커져도
그대 멀리 있어 볼 수 없으니
그리운 마음 누를 수 없으면
차라리 눈을 감지

눈 감으면 어느 새
내 눈 안에 들어와
내 마음 가득 차오르는 그대
그대 그리운 내 사람이여

비에 젖는 찔레꽃

비 비 비
비가 주룩 주룩 내리는 날은
내 마음도 비를 닮아
그리움을 앓는다

빗방울 사이사이로
빗방울 수만큼
네 얼굴이 어린다

비와 그리움 사이로
비는 말을 잃고
내 마음은 비를 적신다

오늘처럼 비 내리는 날이면
내 마음에서도
향수를 닮은 아련한 비 냄새가 난다

빗방울 사이로
어리는 너의 얼굴

얼굴들

너는 내 향수를 자극하는
고향의 찔레꽃이다

내가 사랑하는 이유

내가 당신을 사랑하는 이유는
당신으로 내 외로움을 접고자 함이 아니라
더 깊은 외로움 속으로 들어가
당신을 알고 싶은 마음 때문입니다

비와 그리움

초여름을 알리는
빗방울 유리창위로 또르르 구르면
문득 솟아나는 그리움은
어떤 색깔
어떤 향기로 감싸서 나를 울리나

조팝나무 하얀 꽃처럼
그대 그리움 되어 바람 따라 흐르는 날이면
어디로든 걷고 싶다

초여름을 알리는 빗방울
그대 향한 그리움을 안고
유리창으로 또로록 소리를 내며 적시면
맑은 햇살 되어 응달지고
추운 곳을 찾아나서는
그 마음이 되고 싶다

호숫가에서

먼 하늘에서 내려
차마 멀리 흐르지 못하고
굳은 흙을 부드럽게 하며
스멀스멀 스며드는 빗물처럼

먼 날 돌아보며
애련한 가슴으로 멈추어 서서
가슴에 젖어드는 사념들
그건 너의 이름 그리움이다

사랑할 그대가 있는 사람은
더 잘 사랑하기 위해
그 사랑을 간직하려 가을을 앓는다

사랑할 그대가 없는 사람은
계절의 언저리에서 쓸쓸한 바람을 느끼며
그리움을 앓는다

너, 그리움이란 이름의 너는
고요한 호수의 수면 아래서 유영하는
물고기의 우수어린 노스탤지어이다.

알 것 같아요

내 마음 알죠.

고마워요.

미안해요.

나도 그 마음 알 것 같아요.

그대와 나의 만남은

그냥 일순간 지나가면 그뿐인 바람 같은

그런 만남은 아니었으면

그대와 나의 사랑은

마음을 나누면서도 추하지 않고

아름다운 순수,

멀리 있어도 그대 있음으로

마음은 기쁜 사랑이었으면

그대와 나의 삶은

온통 그대 생각만으로

마음이 가득 차올라도

언제까지나 아프지 않는 그리움이었으면

고마워요.

미안해요.

나도 그 마음 알 것 같아요.

비를 맞으며

비 비 비
비 비 비
비 비 비
비가 내려요
주룩주룩 비가 내려요

문득 그리워요
하나의 우산으로도
둘이 걸어도 넉넉할 것 같은 이 마음

마음 깊은 곳에 숨어있던
슬픔이 기지개를 켜며 깨어나
나를 괴롭히면
여럿이 있어도 외롭고
혼자 있어도 외로운
내 마음을 적시며 비가 내려요

비는 외로움을 적시고

외로움은 나를 적시고

젖고 또 젖는데

비는 종일 나를 적시며 내려요

마음의 눈으로 보는 사랑

상상으로만 우리 사랑을 보세요
바탕색은 무슨 색일까?
어떤 그림이 들어있을까?
상상의 눈으로
마음의 눈으로 보아요.

마음의 눈으로 보는 세상이
마음의 눈으로 보는 사랑이 아름다워요
향기도 있고
모습도 예쁘고
그저 말없이 하늘거리는 코스모스처럼
우리 사랑도 가을 하늘 닮아가요

가는 허리 애처롭게 춤추며
말이 없으면서 몸짓으로 노래하는
진한 향기는 없으면서 마음을 편안하게 해주는
코스모스는 우리 사랑을 닮았어요

경춘선 열차는 20분에 떠나네

청량리에서 출발하여 춘천으로 이어지는 낭만이란 단어가 떠오르는 열차
그대와 함께 나란히 앉아창밖의 정경을 구경하며
담소를 나누던 날도 있었더라만
지금은 나 혼자 떠나네

그대와의 추억이 생생하게 떠오르는 열차
당장이라도 내 옆 빈자리를 채워줄 것 만 같은 기분
열차는 20분에 떠나네

참 이상도 하지
그때 바라보던 차창 밖 풍경들은 생기발랄하고 희망에 차보이고
생동감이 있어서 기뻤는데
당장 눈 아닌 비와 눈이 섞여 내릴 것처럼 우중충한 하늘
빈자리로 눈만 가네. 내 옆을 채워줄 그대를 위한 빈자리

그대와의 추억이 오롯이 기억으로 남아있는 들을 지나고
나무들을 지나고 강가를 지나고

열차는 여지없이 달리네 춘천으로 춘천으로
가는 도중 불빛들이 강에 드러누워 아름답기도 하더라만
없는 그대 생각으로 열차도 힘을 잃고 거리를 헤매네

지금은 함께 하지 못하지만 그대 함께 할 고운 미래의 날 셈하며
그대는 지금 무엇을 할까 생각에 잠기며 오늘도 하루를 접네
열차에서 내려야 하는 때가 있는 것처럼 집을 달리하여
서로가 헤어짐이 있고 그렇다면 다시 갈아탈 열차가 있는 것처럼
우리 사랑의 열차도 갈아탈 수는 없는 것이랴

하루 이틀 사흘 그렇게 함께 보내는 것으로는
우리 마음 채워줄 사랑의 위로 턱없이 모자라니
미래 그 어느 날에 우리 함께 영원을 약속할 수 있을까
옆에 없어 그리운 사람이여
늘 함께 할 수 없는 사람이여
그대 목소리 생생한 이 밤에 못내 그리워 생각나는 사람이여

하고 싶은 말 많아도

간절히
간절하게
그대 그리워 전화를 걸고도
그대에게 차마 못하는 말들
그 말하려고 전화했는데 못하는 말 있어요.

보고 싶어
보고 싶어
그 말 하고 싶지만
그 말로 마음이 약해져서
의기소침해질 그대임을 알기에
다른 이야기만 늘어놓다 수화기를 놓습니다
털썩

볼 수 없는 모습
목소리라도 보고 싶어
그대를 불러 놓고도
곁에 있는 듯 그대 목소리 귀로 들어오면

그대에게 꼭 하고 싶은 말
하지만 차마 하지 못하는 말

그리워
그리워
그 말하려고 전화기를 들었는데
빙빙 돌려 다른 이야기만 늘어놓다 끊고 나면
울컥

그립다는 말을 들으면
그 그리움 참지 못하고 울먹일 그대임을 알기에
벙어리 가슴으로 그 말 마음속에 감춥니다.

사랑해
사랑해
그 말
거의 하지 않고 살아서
잊고 있었던 그 아름다운 단어가 부쩍 생각나
그대를 불러놓고도 끝내 그 말 하지 못하고

돌아서는 마음

사랑한다는 그 한 마디로
너무 힘겨워할 그대임을 알기에
그 말도 가슴에 꾹 눌러놓고
이루지 못하는 이 사랑을 아리게 꼬집어 참아둡니다.

보고 싶다
그립다
사랑한다
쉬운 말이지만 한 사람을 위해 거의 해본 적이 없는 말들
그대에게만 꼭 하고 싶은 말이지만
제대로 한 번도 말하지 못합니다.

그대 마음 잘 알기에
이 사랑
감히 진실하고 순수한 이 사랑
미래의 아름다울 이 사랑을 믿고 싶습니다.

멀면 멀수록 마음은 가까운

그대와 나 사이의 공간적인 거리가 멀어지던 날
종일 그대 생각으로 시간을 가득 채웠습니다.

분명 그대는 거리상으로 더 멀어졌는데
그러면 그럴수록
그대 향한 내 마음은 더 가까워집니다.

사랑이란 물리적으로 멀어지면
마음으로는 더 가까워지는 거라는 걸
예전에는 몰랐는데 오늘은 그걸 처음 알았습니다.

아 사랑이란
먼 것을 가깝게 만드는 신비함이라는 것을…….

오늘 같은 밤이면
그대가 멀리 떨어져 있는 오늘 같은 밤이면
더욱 더 그대가 간절히 그립습니다.

어제보다 더 멀리 떨어져 있는 오늘이
오늘보다 혹여 그대가 더 멀리 떨어지는 날이 오면
아마도 그리움이 사무쳐서
방황하게 될 내 마음을 나도 모르겠습니다.

사랑이 너무 깊으면

사각사각
누군가 잠에서 깰까봐
조용히 아침이 멀리서 기지개를 켜며
움직이려는 몸짓을 느낄 수 있는
고요한 시간에 생각나는 사람이 있다.

말로 다하지 못하는 그리운 마음달래며
사랑한다는 것은
죽지 않을 만큼 그리워하는 일이란 걸
짙어진 그리움이 때로는 미칠 듯이
아프게 할 수도 있다는 걸
왜 몰라서 애태우며 살아야하는 사랑

그래도 간절히 보고 싶으면
이 그리움을 감사로 달래야한다.
사랑은 감사하지 못할 일을 감사하고
사랑은 아픈 일마저도 기뻐하고
사랑은 외로운 일을 시로 바꾸고

사랑은 아프게 그리운 일을 글로 바꾸어
마음에 감추어두고 행복해 하는 일이다

아리게 울고 싶어도 끝까지 사랑할 사람
이 세상에 단 하나 밖에 없는 고귀한 가치니까
내 별에 살고 있는 단 한 송이의 장미
그 사람이 바로 너이기에
너무 깊어 아린 아름다운 내 사랑아

나에게는 아름다운 사람이 있다

나에게는 아름다운 사람이 있다.
언제 보아도 그저 아름답기 만한 사람,
그를 바라보는 내 마음이 아름다워서
아름다워 보이는 것이니 나도 아름답다.

늘 다정하게 대해 주고 싶은 사람이 있다.
부드러운 말로만 그에게 말하고
다정다감한 눈길로만 그를 쳐다보고
언제나 고운 말만 건네고 싶은 사람이 있다.

무언가 주고 싶은 사람이 있다.
그를 알게 된 이후 좋은 것을 찾고 싶다.
어쩌다 좋다고 생각되는 것이 있으면
그를 위해 남 몰래 감추어 두고 싶다.

경치 좋은 곳을 보면 그와 함께 가고 싶다.
그와 함께 걷고 싶어서
우선 그의 고운 손길이 떠오르고,

흘깃 내 옆구리를 쳐다본다.
지금 그는 내 곁에서 함께 걷지 않지만
나는 예감한다.
그와 함께 걸어갈 머지않은 미래의 날을.......

함께 하늘을 바라보며
총총히 박힌 별을 쳐다보며 많은 이야기를 나누고 싶다
별 빛 아래 걸으며 별빛 받아 밝게 빛나는 얼굴,
그 얼굴이 보고 싶다.

별을 보면 그가 떠오르고
달을 보면 그가 떠오르고
구름을 보면 그가 떠오르고
세상의 모든 아름다운 것을 보면 그가 떠오르는 걸 보면
나는 그를 진정으로 사랑하고 있음을 안다.

나는 그를 사랑하고 있음을 안다
만나면 더욱 더 좋아지고, 더 사랑스러워지고,

함께 잠들고 함께 눈뜨고 싶은
예사롭지 않은 내 마음을 보면 .

날마다 함께 일하고,
함께 잠들고 함께 눈뜨고 싶은 사람,
이 세상에서 내게 가장 소중한 사람,
나는 그를 사랑한다.

그 사람,
그 사람
그 사람은 바로 너다.

이별은 싫어

그대를 잊고 나면
이별의 시 한 수 써지겠지만
먼 훗날 아픔 될까 두려워
그댈 잊지 않기로 했습니다.

많은 날들이 지나도
그대 날 찾아 주지 않아
그리움의 시 한 수 쓰고 싶었지만
그리움 더 깊어질까 두려워
방황만 하였습니다

이별이 그리움을 낳고
그리움이 시를 낳는다지만
한 줄의 시로는 그대가 비워둔 자리를
메울 수 없다는 걸 이제야 알겠습니다.

이 사랑

가을 하늘처럼 맑고
깨질듯 투명함으로
심오한 울림으로
찾아온 이 사랑

사랑할 수 없지만
사랑해선 안 되지만
그래도 사랑하는
그래도 영원히 사랑해야 하는 이 사랑

그래서 깨어지기 더 쉽지만
내 마음 속에 감춰두고
잘 가꾸어 살면 이 사랑은
살아 있는 한 내 마음에 남아 있을 테니

이 사랑
소중한 이 사랑
마음에 깊이 감추어 두고
가끔 들여다보는 이룰 수 없는 아린 내 사랑

보낼 수 없는 편지

너에게 보낼 수 없을지도 몰라
하지만 난 이 편지를 간직할 거야
언젠가 너와 보게 되는
그 날이 오길 기도하며 살 거야

지금 난 초조한 마음으로
너의 목소리를 기다리고 있어
너의 목소리를 다시 들으면
난 울고 싶을 만치 기쁠 거야

지금 뭐 하고 있니?
마음으로 너의 목소리가 들려오길
기다리며 난 이 편지를 쓰고 있는 거야

정말로 난 너를 사랑해.
내 생의 마지막이 될지도 모를
이 단어
너에게 바치고 싶어
너의 목소리는 어디에서 잠자고 있는 거니?

레일처럼

레일은 늘 슬픕니다
레일은 늘 외롭습니다

항상 마주보고 있어도
더는 다가가지 못해서 외롭답니다

늘 평행으로만 이어져서
서로는 늘 그리움에 삽니다

운명은 슬픕니다.
레일의 운명은 슬픕니다.
하나 될 수 없어서 슬픕니다

하지만 아주 간절히 원하다 보면
서로 손 내밀어
길게 이어질 수 있으렵니다

운명은 늘 슬프게 다가오지만

그래서 다가가기 너무 힘겨워 스러질 듯하지만
간절한 마음이 있으면
그 간격 좁아지고
마음의 손잡을 수 있으니
그리움은 더욱 아름다움입니다

저녁노을

이별이 서러운 자리에는
사랑으로 승화되어 꽃이 되었다

마음이 너무 매어져서
울음이 솟구치는 날이 아니면
저녁의 한쪽 끝에서 곱다란 꽃이 되었다

그건 언제나 기쁨인줄 알았다
어제의 노을이
오늘의 노을이
또 내일에 필 노을이
마냥 같은 것인 줄 알았다

마냥 곱게만 느껴지던 노을이
지금 콧등이 시큰해지는 슬픔인지 감격인지 모르게
울고 싶은 지금에야
노을이 슬퍼하는 마음을 알았다

그리고 그리움

그리운 것은 그립나니
마음은 하나인데
너는 여자로
나는 남자로
다른 몸을 가졌나니
그리운 것은
그리운 것은
몸은 둘이나
마음은 하나인 까닭이라

어떻게 하나요?

그리워 그리워요
어떡하나요
눌러지지 않는 그리움을

보고파 보고파요
어떡하나요
당장 달음박질로
만나고픈 이 보고픔을

아파 아파요
어떡하나요
지울 수도
끌 수도 없는
그대 향해 타오르는
내 아리고 쓰린 사랑을
난 어떡하나요?

아픈 사랑

너의 목소리 들려오면
이미 설레는 이 마음은

그 목소리 그 손짓
그 행위 하나하나가
마냥 좋기 만한 내 마음은

아름다운 사람
내 마음에 감춘 사람
그라고 부를 수밖에 없는
더는 가까울 수 없는 이 사랑

천사 생각

그대는 나의 시
그대 그리운 마음
그대 보고픈 마음
주체 못해 옮겨 적으면
그대라는 이름의 시가 되고

그대는 나의 사랑
온통 내 마음을 채우고도
온통 나를 흔들어 놓고도
나를 잠재우지 못하고
그대는 마음 설레는 사랑이 되고

그대를 알고부터
오직 그대만 아름답고
오직 그대만 나를 이해하고
오직 그대만 나를 좋아하는 것 같은 마음

아름답고 곱고 멋지고 향기롭고

지혜로운 그대 내 사랑
그대 소중한 사람

너를 사랑하는 마음

기다림 끝에 만나는 이름
그리움 끝에서 만나는 너
사랑하는 그 힘만큼
사랑하는 그 무게만큼
온 힘을 다해 안아주고 싶다

그리워도 만날 수 없는 날들
그리워하는 만큼 마음이 아려서
생각조차 하지 않으려 해도
가슴을 뚫고 솟아나는 너를 향한 그리움

생각조차 않으려고 눈을 감아도 보고
멍한 시선으로 딴청을 부려도
어느 덧 눈 안에 드는 너의 모습
떨칠 수 없어 커져만 가는 그리움
한 없이 커져만 가는 널 향한 그리움

빈 그릇을 채우면 더 이상 담겨지지 않은 것처럼

그리움을 넘치고 넘치도록 그리움도 지칠까
오히려 커져만 가는 너를 향한 그리움

너 돌아올 날
너 오면 보여줄 고운 미소를 위해
내 마음을 모아 즐거운 기다림으로 살래
난 널 기다리고 있고
넌 몸만 떠나 있을 뿐
마음으론 떠난 네가 아니니까……

너와 나의 평행선

어쩌면
너는 너의 감옥이 있고
나는 나의 감옥이 있어서

서로에게 가까이 못가서
더 연연하고 그리운 건지도 몰라…….

하지만 너를 여는 열쇠는 나이고
나를 여는 열쇠는 너일지도 몰라

내가 너를 열 수 없다면
네가 나를 열 수 없다면
우리 두 개의 감옥을 하나로 합할 수는 없을까

감옥의 문을 통해
우리는 오늘도 서로를 마주보며
시답잖은 미소만 남발하고 있으니

이것이 사랑이라면

너의 목소리는 꼭꼭 숨어 버리고,
초조해지고 두려운 마음은 뭐야

내가 너를,
내가 너의 슬픔을 대신 할 수 없음이
더욱 마음이 아려오는

너를 사랑하는 일은 가슴을 아리게 하고
아주 외로운 일이기도 해.
하지만
아무리 괴롭고, 외롭고, 아프고, 슬퍼도,
이 사랑은 내게는 마지막 사랑일 거고
너는 나의 마지막 사랑이기에
그만큼 소중한 거야.

억새와 하늘의 사랑 이야기

억새가 하늘에게 말했습니다.
"하늘님, 난 하늘 님을 사랑해요. 당신의 고운 얼굴을 만지고 싶어요. 그런데 당신을 가리는 구름이 있어서 싫어요. 나에게 구름을 쓸어버릴 수 있게 해줘요."
하늘이 억새에게 대답합니다.
"나도 너를 좋아한단다. 하지만 우리는 서로 만날 수 없는 사이란다. 네가 여기에 오려고 해도 올 수 없고, 내가 거기에 가려고 해도 갈 수가 없는 걸."
"아냐. 사랑하는 데 안 될 일이 어디 있어. 난 다가갈 거야. 당신에게 아주 가까이 다가갈래. 그러니 당신도 내게로 내려와 봐. 우리는 할 수 있어. 한번 해봐요."
억새가 떼를 쓰자 하늘은 그가 하자는 대로 합니다. 기적처럼 하늘이 다기오기 시작합니다. 조금 다가오고, 다가오면 다가올수록 아주 멋지고 아름다운 모습입니다. 억새가 가슴이 떨리고 마구 설레기 시작합니다.
그런데 하늘이 다가올수록 그 곱던 얼굴은 어디로 가고 침울한 모습만 다가옵니다.
"아니 어떻게 된 거에요. 당신의 얼굴은 어디 있는 거예요. 난 만지고 싶단 말예요."

억새는 손을 맘껏 치켜 올려 하늘을 향해 휘저었습니다.

하지만 하늘은 만져지지 않고, 뭔가 차가운 이슬 같은 것이 손에 묻어납니다.

"뭐야, 당신 울고 있는 거예요?"

"응, 울고 있어. 난 너에게 갈 수가 없어. 우리가 아무리 사랑한다고 해도 갈 수 없도록 만들어 졌거든. 네가 나를 만질 수 있는 건 내 눈물뿐이야. 너는 지금 나를 만지고 있는 거야. 하지만 나는 너를 한 번도 만질 수가 없거든. 너의 하늘거리는 그 손 나도 만지고 싶은데. 내가 너에게 다가가려고 하면 할수록 침울한 가리개를 해야만 해. 난 너에게 갈 수가 없어."

"알았어요. 고마워요. 이렇게라도 촉촉한 당신을 만질 수 있어서요."

억새는 생각합니다.

'사랑이란 이렇게 촉촉하게 젖어드는 그리움이며, 그저 바라보는 멍함으로만 아름다운 상대의 모습을 볼 수 있을 뿐, 다가오면 다가올수록 젖어드는 아픔 같은 것이야.'

빨간 목도리

너의 눈빛을 보면
너도 날 좋아하는 것 같아
망설이다
망설이다
아꼈던 말 털어내어 고백하던 날

오해라며
부담스럽다며
나를 여기 못 박아 놓고
서슴없이 돌아서 가는
너의 등 뒤로
너의 빨간 목도리가 펄럭일 때,
떨어지지 않는 나의 시선

멍………

사랑의 결말

사랑해
그 말할 수 있는
너

고마워
그 말할 수 있는
너

그런 네가 있어
참 행복하다

너의 온기가 그립다

이제야 알겠다빈집도 사람의 온기를신발도 사람의 온기를나에겐 너의 온기가 필요하다는 걸

이제야 알겠다
나에겐 너의 온기가
너에겐 나의 온기가
필요하다는 걸

빈집도 사람의 온기를 기다리고
신발도 사람의 온기를 기다리듯
너는 나의 온기를 그리며 살고
나는 너의 온기를 보고파한다는 걸

눈 내려 하얀 길을
뺨 시리도록 마냥 걸으려니너의 보드라운 온기를 만지고프다

사막이 아름다운 이유

사막이 아름다워
우물을 감추고 있어서야

꽃이 아름다워
정성을 들여서야

하늘의 구름이 아름다워
어딘가에서 네가
저 하늘을 보고 있고
저 구름을 보고 있어서야

세상이 아름다워
이 세상에 네가 살고 있어서야

나의 우주

너 한 사람으로 충분하다나의 사랑은 열 사람은 아주 많다다섯 사람은 너무 많다세 사람은 감당 못한다두 사람도 많다온 세상을 사랑하려면 온 우주를 알려면너 한 사람으로 충분하다 나의 사랑은 충만하다네 속에 있는 우주만으로

그대 있음에

나 슬프지 않아요
그대 있음에

꽃샘추위에 길 떠나도
무더운 날 가파른 길 걸어도
낙엽 지는 날 쓸쓸한 길 길어도
나 외롭지 않아요
그대 있음에

쓸쓸한 세상이라는데
허무한 세상이라는데
아픈 세상이라는데
나 힘들지 않아요
그대 있음에

세상은 여전히 아름다워요
신비로운 내 사랑
그대 있음에

눈 내리는 날

송이 송송 송송이
눈송이 내린다

송이 마다 맺힌
너의 얼굴 얼굴

내리는 눈송이 수만큼
마음 가득 내리는
한 그리움이
다른 그리움을 부르고

눈송이 송이송이
풀 송이마다 나뭇가지마다
살포시살포시 쌓이고 또 쌓이고

내 마음엔 살금살금
살며시 쌓인
너를 향한 그리움이 그리움을 부르고

그립다 하냥 그립다

네가 그립다

조건법과 양보법

당신은 참 예뻐
뭐가 예뻐 머리가 세기 시작하는데

사랑은 조건법이 아니라
사랑은 양보법이니까

당신은 참 멋져
뭐가 멋져 힘도 없는데

사랑은 어떤 상황이 아니라
그럼에도 불구하고 이니까
사랑은 늙지 않아

관계를 맺는다는 건

때로는 짐이 무거워 짐을 내려놓고 싶고,
때로는 삶이 버거워 넘어질 것 같은 순간에도
서로가 서로의 위로가 되고 서로의 버팀목이 되고,
보조 지팡이가 되어 살아요.
나는 그대의 든든한 후원자가 되고
그대는 나의 든든한 배경이 되어 살아요.

그 누구도 내 인생을 대신할 수는 없잖아요
하지만 우리는 그 인생을 서로 어긋맞기며
서로의 인생에 참예하게 되었어요.
그러니 내겐 그대 인생도 중요하고
그대에겐 내 인생도 중요해요.

서로가 관계를 맺는다는 건
공동의 삶으로 들어가는 일이에요.
그래서 이제는 그대가 아프면 난 더 쓰리고 아파요.
그러니 우리 서로 아프지도 말고
괴롭지도 말고 서로의 희망되어 살아요.
한번뿐인 세상, 우리는 행복해야 하니까요.

어린왕자와 장미의 사랑

어린 왕자에게는 꽃 한 송이만 있었어요
그런데 지구에 와서 똑같은 꽃 5000송이를 만났어요.
사랑하는 법을 만났을 때는 그 한 송이를 위해
안절부절 못하며 애를 태우던 생각을 하니
억울해서 풀밭에 엎드려 울었어요.

그런데 여우에게 사랑하는 법을 배워요.
그러고 나니 길들이지 않은 것은 비어있다는 것을 알았죠.
그래서 어린왕자는 자기 꽃을 사랑하는 법을 배워요.

사랑은 노래처럼
'너무 아픈 사랑은 사랑이 아니었음을'이라지만
사랑은 장미가시에 찔리는 아픔을 겪어도 즐겁고,
모든 단점을 가슴으로 보듬어 안아줄 수 있어야 한다는 걸
어린왕자는 배웠어요.

소중한 사람이 있어서 세상은 아름다워 보이고
소중한 사람이 있어서 세상은 살만하고

빙그레 웃을 수 있어요.
사랑으로 인한 아픔은 아픔마저도 기쁨이란 걸
나는 알았어요

비에 젖고 눈을 밟으며.

한 사람은
산에서 눈을 맞고
한 사람은
거리에서 비를 맞는다.

한 사람은
비가 온다고 하고
한 사람은
눈이 온다고 한다

한 사람은
거리에서 눈을 맞고
한 사람은
산 위에서 비에 속는다

사람들은 비에 울고 눈에 젖으며
나는 옳다하고 너는 그르다 하고 있으니........

비 오는 아침

또그르르
또그르르
유리창을 두드리며 추억을 깨우면
문득 솟는 그리움으로 내 마음이 젖는다.
내 마음이 눈물 없는 울음을 운다.

조금씩 적시는 듯 물기만 남기며
그리움을 굴리며 떨어지는
빗방울 수만큼 아린 추억도 함께 구른다.

살아온 날 만큼의 추억을
만나온 사람들만큼의 그리움을
언제쯤 어느 나이가 될 즈음이면
소탈하고 사람 좋은 미소로 품고 살 수 있을까

내 젖은 마음이 비를 울리고
젖어드는 유리창은 나를 적시고.......
그리움인지 추억인지 비가 되어 내린다.

바람 속에서

바람이 분다
세차게 불어서 온다
초겨울 숲을 흔들며 떼로 몰려온다

온통 숲을 진동하게 하며
남은 나뭇잎들을 마구 강탈해 간다.

그 위세에 놀란
태양도 놀라서 하얗게 질려
입이 얼어붙은 듯 창백하다.

계절을 공포로 몰아넣고
가질 수 있는 한
모든 것을 안고
이고
들고
들쳐 메고
나무 가지 사이로 휭휭 잘도 빠져나간다.

더러는 떨어뜨리어 굴러가고

더러는 아무렇게나 내동댕이쳐져서

이리 저리 흩어지는데도

욕심 사납게 모두를 앗아가며 바람은 멎지 않는다

사랑니

네가 떠난 오늘 하늘이 유난히 파랗다
한 번도 남으로 여긴 적 없는 33년
네가 떠난 거리에서 유쾌한 콧노래를 부른다

끝내 아리고 슬픈 고통을 남긴
뻥 뚫린 너의 흔적
세월이 흐른들 채워질 리 없어도

너를 잊는 일은 빙수처럼 시원하다
너는 나에게 사랑받을 자격이 없었고
너는 나의 사랑이 아니었음을 지금 알았다

그래도 너만은 나의 사랑니가 아니었으면 했는데……..

오늘

퇴색되어가는 풀밭에 누워
억새 이삭 새로 보이는 별님이
너무 고와 울었던 날은 엊그제였지요

바람에 흔들리는 나뭇가지 끄트머리에
아스라이 매달려
파르르 떠는 나뭇잎이
너무 애련해 울어버린 날은 어제였지요

작고 귀여운 소녀의
두 뺨에 흐르는 맑은 이슬에
울어버린 날은 오늘입니다

겨울 숲의 노래

사랑의 얘기는 말아라
그 얘기를 하기엔 아직은 어리다
차가운 얼음판을 맨발로 서고
맨 무릎으로 기어보라

찬바람에 시달려
발갛다 못해 푸르게 변해가는 그대 손가락이
그대의 아픔이듯
겨울을 떨고선 집 없는 아이의
아린 마음을 넘어
그대 사랑의 얘기를 말하라

아직은 이르다
사랑의 고백은 말아라
바스러져 바람에 기대어 구르다
강물에 얽혀 함께 얼어버린 나뭇잎의
절규를 넘어
그대 예쁜 손가락을 깨물어

빨갛게 맑은 핏물로 사랑의 싯줄을 그으며
그대 사랑의 고백을 말하라

아직은 어리다
사랑의 얘기는 말아라

사랑의 무늬

그대를 위한 고운 사랑의 시로
그대와 나눈 신비로운 사랑의 눈빛으로
그대와 나눈 다정다감한 사랑의 속삭임으로
그대와 나눈 감미로운 사랑의 짜릿한 감촉으로
그대와 함께한 순간들
그 마냥 곱디고운 시간의 무늬들이여

우리 사는 날 동안
아니 우리 떠난 후에도
영원히 생생하게 여기 흘러라

사랑이란?

그리워도 그립단 말 하지 않을래
그 말을 하고 나면 더욱 그리워
참을 수 없는 아픔인 걸

외로워도 외롭단 말 않을래
외롭다 그 말 하고 나면
외로움이 온 몸으로 스며들어 아리게 하는 걸

보고파도 보고픈단 말하지 않을래
보고 싶다 정말 보고 싶다
그렇게 말하고 나면 더 아프게 보고 싶은 걸

함께 있고 싶지만 함께 있자
그 말도 하지 않을래
그렇게 말한들 함께할 수 없다면
너무 아파 견딜 수 없는 걸

보여줄 수 있는 사랑은

정말 소중한 사랑은 세상에 보여줄 수 없습니다
세상에 자랑할 수 없습니다
조금의 흠집이라도 나선 안 되니까요.

하트 모양 올라앉은 카페라떼에
하트모양 살리면서 시럽을 넣습니다
쓴 세상 살면서 마시는 거라도 달달한 거 마시려고요

달달한 커피보다 더 달콤한 게 왜 없으랴만
칼릴 지브란의 말처럼 "보여줄 수 있는 사랑은 아주 작습니다."
진짜 사랑은 남몰래 감춰두고 인생이 쓰다고 느낄 때만
혼자 살짝 떠올려 음미하는 것일 테니까요

혼자 감춘 사랑, 자랑하지 않고 숨겨둔 내 사랑이
내게 쓸쓸한 세상에서 달콤한 미소 짓게 합니다
용해된 달짝지근한 액체가 내 몸에 퍼지는 것보다
감춘 사랑이 내 온몸 골고루 감미롭게 합니다

진정한 사랑은 세상에 보여줄 수 없습니다.

세상에 "보여줄 수 있는 사랑은 아주 작습니다."

사랑이 깊을수록

사랑이 깊으면
다시 찾아오는 외로움
서로 바라보는 눈 길
그 눈 길 속에 네가 그립다.

많이 그립다.
어제의 기억이 생생해.
날마다 내 눈 속에 너를 담고
내 눈 속에 너를 담으며 살고 싶다

언제가 끝인지도 모르면서
아주 오래 살 것처럼 우리는 너무
모든 것을 미루어 놓고 산다.
가질 수 있는 것도 미루고
할 수 있는 것도 미루고
함께 할 수 있는 시간도 미루어 두었다가
그대로 떠나가는 세월 닮은 우리들

사랑이 깊어 외로움도 깊은 달랠 길 없는 이 고독 달래줄
누구 그 무엇이라도 있을까
언제까지 이 외로움을 안고 살아야할까?
이 외로움 달랠 그 무엇은 없는 걸까?

사랑은

사랑이란
나의 정원을 가꾸듯이
꾸준히 물도 주고
벌레도 잡아주고
바람도 막아주어야 하는 것

사랑은
서먹서먹해지지 않도록
가끔 서로의 존재를 확인하고
바라보며 미소 짓는 것

사랑은
다른 이물질이 끼어들지 못하도록
몸과 몸의 거리를 좁혀서
마음과 마음의 거리가
멀어지지 않도록
애프터서비스를 필요로 하는 것

눈꽃

마냥 부푼 널 향한 그리움은
마음 가득 몽실몽실 솟는데
산에서 내려가는 길 목화송이처럼
눈꽃들 몽실몽실 열렸네

그대와 함께 손잡고 보았던 재작년 눈꽃들이랑
쏙 빼닮았는데
다만 그때 파란 하늘만 저기에 없고
예쁜 미소의 그대만 여기에 없네

정겨운 눈송이들은
회색 하늘에 그리움을 무늬 짓는데

눈꽃

그리움을 달랠 수만 있다면
한 마음으로 살아도 좋은
한 순간만 살아도 좋은
아주 단순하게 살아도 좋은

차가운 건 싫어
따사로움을 오래 그리다가
뜨거움을 잠시 사랑하다
열정의 맛도 모른 채
한 방울 눈물도 채 못 되고
소멸하는 슬픈 순백의 순결이어라

첫눈 내리는 날

첫눈이 내리는 하늘
혼자 보기 아까운
눈송이들의 음악 같은 춤사위
눈송이들마다 열리는
그리움의 얼굴

언제 보아도
처음인 것처럼
너를 보면 언제나
숨이 가빠오를 듯한
너를 향한 떨림

회색하늘에서 점점이
흩날리며 내려오는
눈송이마다 열리는
너를 향한 그리움

첫 눈꽃

그립단 말만 보고프단 말만
가슴앓이로 되뇌이는 불면의 밤들

애타는 만남의 날을 기다리며
아리고 시린 속앓이 끝에
가슴으로 촉촉이 스며들어
내 심장을 요란스레 고동치게 하는
너는

그 어떤 아름다운 말로도
표현할 수 없는
지상에서 가장 소중한 나의 시다

첫눈

언제나 처음인 듯
생각만 해도 아른거리며 녹아내리는
너의 얼굴

언제나 처음처럼
보기만 해도 파르르 떨리는 듯
빰을 타고 내리는 설렘

늘 처음인 듯
닿을 듯 가까우면 숨이 가빠오를 듯한
너를 향한 떨림으로
요동치는 심장의 박동

오늘도 어제처럼
당신 생각에 점점이 흩날리며 내려오는
눈송이마다 어리는
그리운 너의 얼굴

마음의 길동무

인생이란 길은
때로는 짧은 것 같지만 그리 짧지도 않아서
때로 외로움에 젖어 들어 눈물지을 때도 있지만

적당한 시기에 만난 그대
길동무 되어 가는 길은
너무도 곱고 아름다워라.

그대 생각하며 걷는 길에는
마주치는 사람마다 정겹고
보이는 사물마다 나를 위해 존재하는 것 같으니
그대는 함께 있으나 떨어져 있으나
나의 인생 길 동무

사랑이 부르는 길에서
그대 만나 사랑을 하고
행복이 부르는 길에서
그대 만나 행복하고

그대 있음에
늘 행운만 따르는 이 길
그대는 나를 위해 존재하는
나의 소중한 천사

세상 모든 사람이 남이 될지라도
그대는 남이 아닌 존재여
나의 삶의 의미와 목적은 그대여라.
외로운 날에도
슬픈 날에도
기쁜 날에도
축하받을 일이 있는 날에도
제일 먼저 떠오르는 사람
제일 먼저 생각나는 사람
그대 내 사랑이어라

힘겨운 날에도 날 위로할 사람
그대에게 위로 받고 싶은 마음

기쁜 날에도 축하해 줄 사람

그대에게만큼은 꼭 축하받고 싶은 마음

그대는 언제나 마음의 길동무

그대 생각

좋은 풍경을 보면 얼른 그대 불러 함께 보고 싶고 눈 내리는 아름다움 속에는 아무도 없는 곳에 그대와 단둘이 있었으면 하는 마음
유난히 잠이 안 오는 날도 제일 먼저 그대가 떠오르고 만일 꿈을 꾼다면 그대 꿈만 꾸었으면 하고 많은 사람들 속에 섞여있어도 그대만 보이고 다른 사람들이 빨리 자리를 비켜주어 단 둘이만 남았으면 하고 그대만 옆에 있으면 모든 삶의 문제 살아가는 일이 모두 해결될 것 같은 황홀한 예감 알 수 없는 운명의 힘이 우리를 만나게 했고 진실로 사랑하고 있으니 우리 만남을 축복으로 여기며 만남의 순간에 누리는 형용할 수 없는 그 행복으로 힘든 일은 묻어두고 기쁨만 생각하며 살자.

우리 사랑도 늘 이랬으면 좋겠다

늦은 밤 버스를 탔지.
휴게소에 들리지 않고 직행하는 버스였지.
우리 사랑도 늘 이랬으면 좋겠다.

버스에서 내려 전철역에 갔는데
약속이나 한 듯 내 닿는 시간과 동시에 도착했지.
우리 사랑도 늘 이랬으면 좋겠다.

다시 3호선에서4호선으로 갈아탈 시간
묘하게도 이번에도 지체 없이 전철이 들어오고 있지.
걸어가도 되고 시간이 절묘하게 맞으면 마을버스를 타도 되지
늦은 시간이라 기대하자 않았는데 마을버스가 전철에서 내리는
시간 맞추어
내 앞에 도착하고 있지

한 번
두 번
세 번

....
용케도 맞아 떨어지는 우연의 일치 우리 사랑도 늘 이랬으면 좋겠다.
오차 없이 맞아 떨어지는 한 점 오차 없이 맞물려 잘 돌아가는 아무리 만나도 질리지 않고 만나면 만날수록 사랑의 진실과 깊이만 확인하는 소중한 우리 사랑을 늘 행운이 도와주었으면 좋겠다

아름답도록
진실하도록
순수하도록
우리 사랑은 늘 이랬으면 좋겠다.

너를

가까이 있어도 볼 수 없으니
힘겨운 순간들

목소리라도 듣고 싶어도
들을 수 없으니
우울한 시간들

볼 수도 없고
목소리 들을 수도 없어
조용히 눈을 감고 생각에 젖어보면
당장이라도 맑은 미소로
반가운 얼굴로 달려올 것도 같아
눈을 열어도 너는 보이지 않아

너를 향한 그리움으로 눈을 감고
너를 향한 보고픔으로
두 손을 모아 가슴에 대면
콩닥거리며 벌써 뛈박질하는데

사랑이 외롭게 만든 밤

보고 싶어 너를

듣고 싶어 너를

만지고 싶어 너를

내 안 가득 채우고 싶어 너를

오늘밤엔 그리움을 가득 담아

밤새도록 꿈꾸고 싶다 너를

널 사랑하는 마음

난 슬퍼도
넌 슬프지 않았으면 좋겠어.

난 외로워도
넌 외롭지 않았으면 좋겠어.

난 그냥.......
넌 그냥 늘 행복하기만 했으면 좋겠어.
너의 모든 아픔은
내가 대신 가졌으면 좋겠어.

난 불행해도
너만은 행복했으면 좋겠어.

이대로 시간이 정지되면

지금 내가 사랑하는 이는
어디에서 무엇을 하고 있을까
그
리
움
은
강물처럼

이대로 시간이 정지 되면
…….

너의 이름

아무리 불러도 정겨운 이름
아무리 불러도 계속 불러만 보고픈 이름

아무리 들어도 싫지 않은
목소리 너의 목소리

이 세상 모두를 너로
너의 모든 것으로 채우고 싶다

바라만 보아도 좋은
손으로 전해지는 마음만으로도 너무 좋은
왠지 너무 기뻐 울음이 왈칵 솟을 것만 같은
이 마음

너와 함께하는 시간
이 시간이 여기서 멈추어 버렸으면

생각할수록 좋은 사람

사랑이란 무엇일까요? 그냥 일순간 자나가면 그뿐인 바람 같은 그런 만남은 아니었으면 했어요. 마음을 나누면서도 추하지 않고 아름다운 순수, 멀리 있어도 그대 있음으로 마음은 기쁘고, 온통 그대 생각만으로 마음이 가득 차올라도 아프지 않는 그리움으로 때로는 외로운 날에 마음의 위로가 되고 때로는 삶이 힘겨울 때 어깨 하나 빌려서 기댈 수 있는 그런 사람이 그대였으면 해요.

누구에게도 하지 못한 말, 서슴없이 그 말을 나누고 마음을 나누어도 부담이 없고, 부끄럽지도 않은 사람, 살면서 그런 사람이 필요하다는 걸 느껴요. 사람은 혼자 있어도 외롭고 여럿이 함께 있어도 외로운 존재인 것 같아요.

내 마음을 다 털어서 줄 수 있는 사람, 어떤 말을 해도 다 받아줄 수 있는 사람, 서로가 서로에게 짐이 되지 않으며, 서로가 서로에게 상처가 되지 않으며, 언제 어디서나 부르면 대답하는 사람, 언제 어디서든 보고플 때 볼 수 있는 사람, 그 사람이 그대였으면 해요.

나 그대에게

나 그대에게 좋은 사람이고 싶어요
전혀 부담이 없는 그런 사람
마음의 위로가 되는 사람
싫다는 일은 절대로 하지 않는 사람
오래도록 함께 할 수 있는 그런 사람이고 싶어요
그렇게

서로에게 쑥스럽지 않은 사람
서로에게 부끄럽지 않은 사람
그래서 우리 만남이 아름다운 만남으로
오래오래 기억되었으면 해요

그대가 울고 싶은 만큼 나도 울고 싶어요
난 아직 어린가 봐요
난 아직 마음이 여려요.
그래도 난 알아요
이런 마음들이 사랑이라는 것을요
밤이 늦었네요. 아마도 지금 자고 있겠죠

아니면 나처럼 잠을 못 이루고 있을까
잘 자요 내 사랑

사랑은 무죄

촉촉이 적셔주는 늦가을 비를 스펀지가 물 흡수하듯 한껏 머금어 촉촉한 대지에 이슬 머금은 낙엽들이 조곤조곤 대화를 나눕니다. 귀를 쫑긋 세운 노란 은행잎들은 노란 이야기를, 다소곳이 모여 앉은 빠알간 단풍잎들은 빨간 이야기를, 이제 편히 누운 퇴색한 갈색 나뭇잎들은 얼마 남 지 않은 저들의 시간을 힘겹게 합니다. 이들의 이야기가 끝나면 이 가을은 전설이 되겠지요. 지금 아름다운 저 잎새들도 곧 잊히겠지요. 먼 옛이야기로.

다윗은 불륜으로 위대한 왕 솔로몬을 낳았다. 아프로디테는 불륜으로 사랑의 신 에로스를 낳았다.

그렇다고 불륜이 정당화되는 건 아니다. 불륜의 아들 에로스는 죽음을 넘어온 프시케와 온전한 사랑을 얻으니까요

그러나 불륜이 없이 진정한 사랑을 발견할 수 있을까요. 코엘료는 의무와 책임, 공식처럼 굳어진 부부사이에선 진정한 사랑의 기쁨을 누리지 못한다잖아요. 고로 불륜을 꿈꾸라는 게 아니라 린다가 그랬듯이 부부간의 새로운 사랑을 시도하라는 것 아니겠어요.

서로 사랑하는 두 사람이 진실을 찾기 위해 겪는 가혹한 고통이 사랑이다. 진실한 사랑은 린다의 지킬, 프랑겐슈타인뿐 아니라 내면의 하이드와 괴물까지 사랑하는 것, 사랑은 허다한 죄를 덮느니. 서로 다른 두 우주가 서로를 알아내고 극복하여 합일을 이룰 수 있다면, 그 두 우주의 속성의 합이 신이니, 신은 곧 사랑이니 사랑보다 큰 것은 없겠지요. 다. 우주만물은 모두 사랑으로 창조되었으니 사랑으로 귀결되리라, 오 사랑은 알파와 오메가입니다.